四季吟詠句集 36

東京四季出版

四季吟詠句集 36

凡例

本書は二〇二一年一月号から一二月号まで「俳句四季」の〈四季吟詠欄〉で特選を得た作家による合同句集である。その構成は次のように定めた。

一、特選句及び選者による特選句評（二度以上の特選の場合は、そのうちの一つを掲載した）

一、著者の写真及び略歴・現住所

一、「俳句と私」と題するミニエッセイ

一、作品五七句（自選）

仮名遣いは原則として、著者の意向を尊重した。

四季吟詠句集36

装丁　渡波院さつき

荒川清司

あらかわ・せいじ

略　歴　昭和一五年三月一六日埼玉県に生まれる。平成一四年「遠嶺」入会。平成二二年「遠嶺」終了。「爽樹」発足、入会。俳人協会会員。

現住所　〒三四三−〇〇二五　埼玉県越谷市大沢一五四三−六

特選句

東尋坊の証に拾ふ新松子

二〇二一年三月号特選

◆特選句評――水内慶太

ここ東尋坊の岩礁を望むように、高浜虚子・森田愛子・伊藤柏翠の師弟句碑が建っている。虚子の「野菊むら東尋坊に咲きなだれ」を中心に置き、向かって左に愛子の「雪国の深き庇や寝待月」を据え、虚子の右には柏翠の「日本海秋潮となる頃淋し」の三柱が並べられている。句碑の背後に潤む「新松子」の美しき青さと、若くして病死した三国出身の夭折の愛子を重ねるのは作者のみではない筈だ。

◆俳句と私

職を退いてまもなくの頃、誘われるままに「遠嶺」初心者講座に行ったのが、俳句との出会いであった。そこで二十余名の方々と、先生の熱心な説明に魅了され、三回の講座終了後新しい句会を立ち上げた。

以後二十年俳句と向き合う日々となる。

ここまで続けられたのは、何よりも先師小澤克己主宰との幸運な出会いのお蔭である。悔しい早逝までの、八年間の御指導は私の宝物である。年とともに体の不調も重なり、今までのように外の楽しみができなくなり、俳句をやっていて本当によかったとしみじみ思っている。

新緑を従へてゐる大伽藍

矜持なき世を憂ひたりどぜう鍋

虎河豚に男の勲ありありと

初春や甍輝く御用蔵
借景のやうに媼の夕端居
水仙のつぼみ数へて登園す
鬼の首とつたるごとく蛇擡ぐ
着ぶくれて天女の笑みをうかべたる
枯蟷螂士魂のごときものの確と
師 逝去
オリオンはつまらなかつたと帰りませ
しやぼん玉吹いて引退実感す
春風の作務衣にしむる坊泊り

荒川清司

一日を寺社に遊びて艚の椀

夕暮やどぜうの暖簾ゆれてをり

正装はお悔みばかり秋暑し

百獣の王とてへたる残暑かな

買初は孫の「小学一年生」

歳月のどつかり坐る冬座敷

遅速して序列のあるや花筏

大将の気風にほれし麻のれん

父の日のいつものやうな手酌かな

秋天や譜代の城の天守閣
マドンナは隣りのクラス鰯雲
やはらかく水へこませる落椿
大過なき七十年や根深汁
むら雲や帰心に逸る雁の列
大片のはらりと黄薔薇つひえけり
敗戦忌両手に受ける塩むすび
とやかくはいはせぬ上がりあらばしり
銀座までひよいと来てゐる日永かな

荒川清司

一日を谷中界隈菊日和
料峭やがやがと押し合ふ絵馬の数
霾るや大阪城も淀川も
甲高き一声はしり明易し
落蟬に全き最後ありにけり
真つ赤なるセーター好いて矍鑠と
襟巻をして五つほど若返る
ひきがへる先師の句碑を過りたり
小体なる店に似合ひの麻のれん

揚揚と夜道を帰る大熊手
叡山も淡海の沖も霾晦
日常の朝餉の匂ふ四日かな
ふりちんに貧富なかりし雲の峰
息災を知らす厳父のかぼすかな
ふりむけば高麗橋の時雨けり
遠吠えを遠景として寒の月
薪積みて雪に構へる奥会津
百匹の甲羅干したる日永かな

荒川清司

恋猫のこれみよがしのカンツォーネ

孑孑のやうなる一日豊かなる

世間よりちよつと遅るる更衣

柚子三つ入れて丼返される

謀反にも一理はありぬ濁り酒

生粋の判官びいき衣被

露の世の遠き彼方の火吹竹

もう世故をわきまへてをる子猫かな

黒揚羽モンテカルロに迷ひたり

池田麻衣

いけだ・まい

略歴　本名・池田沃江。群馬県に生まれる。二〇一一年、東久留米市の公民館の俳句の初心者講座を受講する。講師の由利雪二先生の素晴らしさに感動し、「からまつ俳句会」に入会する。二〇一九年、同人となり現在に至る。

現住所　〒二〇三―〇〇五三　東京都東久留米市本町一―十一―十四

特選句

消灯の病室の窓梅雨の月

二〇二一年　十月号特選

◆特選句評――由利雪二

かつて膠原病は原因不明の難病で治療法がないと思われていた。近年医学の進歩により膠原病は生存率が九十五パーセントを越えている。教授回診があり主治医が患者の病状を述べるのを聴いて作者は嬉しくなる。長い闘病生活。かつては梅雨空ばかりの病状。今夜の月はくっきりと明るい。膠原病患者なればこそ活かした季語「梅雨の月」である。

◆俳句と私

俳句に全く縁の無かった私が俳句に出会ったのは公民館で俳句の講習会を受講したのがきっかけでした。講師の由利雪二先生の博識と俳句に対する情熱に圧倒され「からまつ俳句会」にすぐ入会しました。

最初は俳句がなかなか出来ず五里霧中で、先輩方に吟行や定例句会の仲間に入れて頂き楽しくついていきました。私が俳句で膠原病と戦えたのは、由利雪二先生が養護教育の専門家で、膠原病について理解が深く、私のことも良く理解して指導して下さったからです。俳句の世界に入り自分の心を深く見つめることを教えていただきました。俳句は私にとって心の点滴であり栄養剤です。

この度の『四季吟詠句集』に未熟ながら参加出来ました事はこの上ない歓びで深く感謝申し上げます。

ピアノ鳴る小児病棟年新

父親の訛りに並ぶ初詣

思い出し笑いの夢の初湯かな

初明かり時間の止まる湯治宿
薺粥座敷童の気配かな
親と子の雲雀笛吹く丘の上
かばかりの春泥に足捕られけり
孕み鹿ホテルの庭に今朝も来る
銭湯に訛りの飛び交う春時雨
路地奥の三味を遠くに花朧
薄氷やきりりと結ぶ博多帯
羽帚を探す浅草雛の市

池田麻衣

松明の転がり走るお水取り

寝ころびて三〇〇年の花の下

木の芽風栗毛の神馬耳を立て

花冷やマスクの波の寄せる駅

犬ふぐり終着駅の別れかな

薄氷や犬の散歩の遠廻り

春疾風転がり廻るベレー帽

孫の手の我が手離さず夏の駅

遥かまで山の辺の径花は葉に

かばかりの雨を弾いて白芙蓉
野の花を抱えて活ける夏座敷
檜皮葺山紫陽花の七曲がり
川遊び母の呼ぶ声上の空
城跡の茅花は白く生い茂り
夏の夕ワイン片手の橋の上
蟷螂の飛び去るを待ち散水す
小鳥来る白いベンチの長話
アルバイトの巫女の忙しき秋祭

池田麻衣

パパの撮る笑い弾ける運動会
手作りの塩味の良き零余子飯
旧街道林檎のバケツ並べられ
子蟷螂の花火のごとく生まれけり
名月や少しの酒と膝に猫
雁が音や開いたままの単行本
瀬の音を渡り行く猿秋惜しむ
山の端に残るひと筋秋夕日
仏前に供える茹でたて衣被

茜雲ちちろ空き家に棲みており

ゴッホ展かえりを急ぐ秋袷

夕影の底にながなが穴惑い

降り積みて障子明るく利休の忌

熱の夫いつも甘めの卵酒

ライオンの消えた上野や冬隣

花みもざ波のくるごと重く垂れ

茶の花や六人乗りの乳母車

積み上げし落葉温しと隠れん坊

銅鍋に炊く小豆の香雪催
寒の月豪農の梁かく太き
鎌の月並ぶ埴輪の影なさず

膠原病と闘う

点滴の針見つめおり柿を手に
身に入むや医師の眼差し暖かき
病友の会えば涙や花柘榴
こすれども四肢にこわばり冬隣
夫残す急な入院法師蟬
聴診器に冬の心音とくとくと

一門彰子

いちもん・あきこ

略　歴　昭和二四年一月二三日大阪府に生まれる。平成一一年よりカルチャーセンター俳句通信講座を受講。後、「海程」入会。金子兜太主宰に師事。二〇年「海程」新人賞（当時旧姓、門脇章子）後、退会。「月の森」会員。現代俳句協会会員。『現代俳句精鋭選集』10、『四季吟詠句集』35参加。

現住所　〒五八二―〇〇〇二　大阪府柏原市今町二の四の三八

特選句

鳥の巣がくすぐったくて嬉しい木

二〇二一年七月号特選

◆特選句評――冨士眞奈美

鳥の巣がくすぐったくて嬉しい木。なんて可愛い木でしょう。その、木心《きごころ》っていうのかしら、思わず笑いながら泣きそうになりました。ふだんは地味な木（樹）で芽吹いても若葉しても紅葉しても誰からも振り向いてもらえないような、ひっそりした木。なんと、そんな木に鳥が巣を作ってくれたのです。巧みな擬人化。くすぐったくて嬉しい栄光。チチチッと啼く小鳥の声が聞こえるような。

◆俳句と私

日常生活を形成している要素の一つに言葉がある。日々、溢れる言葉の中で暮しているが、他者が私へ発する言葉、私が他者へ発する言葉、一体どれほどの信頼を言葉の上に置いているだろうか。しかし、その同じ言葉を使って俳句を書けば、言葉は化ける。言葉が本来の魂を取り戻し、言葉が言葉を裏切らない。そんな上手く化けてくれる言葉に化かされて、日常から少し離れたところで俳句に遊ぶ。遊んで遊んで、又遊んで、とうとう遊び疲れたら、「やすらぎのゆりかご」となる「月の森」で休み、ぐっすり眠ればいい、そう思い、そう願っている。（俳誌「すずかぜ」終刊に付き、「月の森」創刊号への祝意を転記。よき思い出とするために）

朝寝してうすき詩集をひらく夢

煮え頃の小豆のにほふ牡丹雪

貝図鑑ひらく二月を渇きゐて

春浅し吉祥天の濃きルージュ
鷹鳩と化すや門扉をひらく寺
飾られて憂き世の雛となりたまふ
雛菓子や三輪山ふかく灯をともし
句座のみに出会ふ面影桃の花
一人吹き一人見てゐるしやぼん玉
朗らかな人と歩いて四月馬鹿
夕暮るる一人静を見てゐるは
春眠は宇治橋わたりゆくやうに

グラビアの女の鎖骨シクラメン

鬱金香モディリアーニの恋の首

こそばゆき程に日が差しスイートピー

文箱の底の花冷え想ひけり

西行の恋情レタスは玉を成し

桜蘂ふるマシュマロはシャイな菓子

古茶が好い話結びてゆく間合ひ

感情を見せぬ箸先ところてん

黄泉までの七坂八坂今年竹

太宰忌や推敲といふ真の闇
梅雨明ける芥子醬油がつんときて
黙読は野をゆく風に似て真夏
香水の明るさ昏さ本音を吐露
米研いで身の軽くなる韮の花
ソーダ水少女の質問が綺麗
水打つてあり来迎図ひらきあり
やゝありて虎魚は夢を見る貌に
ゆふがほが昔話をひらきけり

二百十日無精髭剃る男たち

餡パンも積めば一山獺祭忌

すれ違ひざまの目配せ秋の蛇

夕暮るる桃がこころに流れつき

白桃にさざ波ほどのものの色

うたた寝の耳より目覚め鐘叩

拾ひたり笑ふ団栗怒る団栗

やさしさの裏側を見せ秋の蝶

屈むとは対話すること草の花

肉付きのよき肉団子文化の日
星飛んで眠りの前に書く手紙
檸檬搾るや詩は淋しらの境に入り
今朝冬の此の頑固なるパンの耳
はつふゆのにぎりこぶしの中の科
冬菫ひとのにほひのなきところ
七十路のふつと徒然ふと綿虫
大根を提げて世間の隙間に居
世は風の音のみ葱を刻みたり

一門彰子

詩のやうに少年がゐる冬菜畑
雪の夜の書を閉ぢしより激し雪
初夢の羽化の途中を目覚めたり
長生きの途中たいくつ喧嘩独楽
素朴に生きたし薺粥青青
寒鴉村のはづれの気の合ふ木
風呂吹や暮しが丸み帯びてきて
毛糸編む昭和史編んでゐるやうに
春を待つ傾き癖のテディペア

井上燈女

いのうえ・とうじょ

略歴　本名・井上とも子。昭和一二年五月二日埼玉県に生まれる。昭和五五年に「水明」へ入会、星野紗一主宰に師事。平成一八年星野光二主宰に師事。令和元年山本鬼之介主宰に師事。新珠賞。水明賞。季音賞同人。現代俳句協会員。俳人協会会員。現代俳句埼玉俳句賞準賞二回他。句集『葱の里』、『帰り花』、『四季吟詠句集』三回等。

現住所　〒三六六―〇八二七　埼玉県深谷市栄町一二―一二

特選句

帯叩き路地を出て行く菊日和

二〇二一年二月号特選

◆特選句評――山本鬼之介

一読して、小股の切れ上がった粋で気風のよい中年女性を想像する。本場所の力士が制限時間いっぱいで仕切りに入る時、締込みをぽんぽんと叩くように、女性が着物を着付けて最後に帯を締め、会心の出来栄えに顔を綻ばせ、帯をぽんと叩く所作が実にいい。家を出て路地を抜け、いま表通りに入ろうとして気合を入れてこの帯叩きである。空は抜けるように青い秋晴。今日成果が期待できる。

◆俳句と私

私は地元公民館の俳句講座で俳句のいろはを学び虜となり、父卯花の紹介で「水明」に入り、星野紗一主宰と星野光二主宰に師事、令和に入り山本鬼之介主宰へ受け継がれた「水明」の「自己の個性を活かした俳句を詠む」を目標に、「俳句四季」へ投句して思いがけない山本鬼之介先生の特選を頂き『四季吟詠句集』へ参加する機会を得ました事を幸に思います。今は亡き星野紗一主宰、光二主宰の生前の師の御恩に感謝します。又、山本鬼之介先生の立派な御指導のお陰と感謝申し上げます。俳句を長年続けていますと人生には出合いと別れがあります。私は故郷の懐かしい風景や身近な人々との生活の一コマを俳句に残し、師の教えと句友の皆様に感謝し俳句に精進していきます。

母の文問うてばかりの賀状かな

赤飯のほどよく炊けて初観音

農始め杭を深々打ちし音

麦三寸こぞりて育つ田の広さ
建売りの畦にわづかな若菜摘む
寒木瓜や刻を急がぬ大時計
草萌ゆる弥陀三尊の板碑古り
人を恋い言葉に飢える春の闇
雨来るか一ト日を濡らす今日雨水
栄一像赤城見てゐる四温晴
啓蟄や触読一字づつの指
茄子苗を植ゑて湿りを見逃さず

井上燈女

味噌歯の子ながら草笛うまく吹く

新馬鈴薯を甘辛く煮る戦中派

芹摘みや水を濁して鍬洗ふ

梅雨蝶や森を遠見に地蔵尊

来し方の昭和の街や七変化

能面を取れば少女や額の花

青淵の論語の里へ夏燕

青嵐仁王の足の指足らず

放牛の夏野広げて移動せり

熟れるまで西瓜の上に隠し藁

娘の炊いた粥ふつくらと暑気中り

太陽へ十指をかざす原爆忌

話す間を見事に取りし氷水

人に見せぬ視線ありけりサングラス

夕焼けて稜線くつきり浮き彫りに

香水や余生まだある天の邪鬼

茄子をもぐ低く小さき母の背よ

大残暑番犬役を放り出す

朝寒や窓拭く手付き別れのごと
振り向きし顔の白さや秋の風
新米へ括りつけある母の文
水加減今日より変へて新米研ぐ
試歩の杖足ふん張つて花野ゆく
大刈田眼下に集落寺多し
資料館出て上蔟の母遠し
電話よく鳴る日今日は敬老日
草紅葉利根の中洲へ旗上げて

母の物着こなす姉妹菊日和
新豆腐水割つて売るたなごころ
大根干す母ゆつたりと時を待つ
雲の峰弁当すき間なく詰めて
たつぷりと大和水汲むみかん山
凸凹の薬缶のたぎる冬の月
冬日向兄研ぎゐし大柱
捨て船を抱き込んでゐる枯芒
枯草を総身に踏んで軟らかし

井上燈女

百姓の名残りの蔵や落葉垣
幾度も重ね啼きして冬の鵙
帰り花句碑へ咲かんと粧ふ紅
厳寒や里の日暮を早めたり
月冴ゆる猫の足ゆく錆トタン
余生まだあるから粋に冬帽子
クリスマス私にもあるプレゼント
冬至粥母息災の影を曳き
大利根の寒夕焼の尖りぐせ

大内鉄幹

おおうち・てっかん

略　歴　本名・大内和憲。昭和二五年五月二日北海道に生まれる。平成一七年滝沢伊代次主宰「万象」入会。二二年山尾玉藻主宰「火星」入会。二七年藤木倶子主宰「たかんな」入会。俳人協会会員。

現住所　〒〇〇一—〇〇四五　北海道札幌市北区麻生町二丁目一〇—一七

特選句

防護衣を脱ぎて秋涼深く吸ふ

二〇二一年一二月号特選

◆特選句評——髙橋千草

防護衣は、医師・看護士・X線技師などが着用し、医療現場に欠かせないもの。作者も医療に従事する方なのであろうか。詳しい背景はわからないが、感染症に怯える今、その安堵と疲労が実感として迫り胸を打つ。マスクをつけているだけでも息苦しくなるこの夏の暑さであった。季語「秋涼」は「新涼」と同義。新たなる涼しさを深々と吸って、次の仕事に向かわれたことと思う。

◆俳句と私

新型コロナウイルス感染症あるいは東日本大震災により多くの人が大切な人との突然の別れを経験してきた。さらに様々な病気、事故等で別れを経験した方もいただろう。その様な時に心の底の言葉を短歌、俳句、詩で表現することは心の安定を回復させるために不可欠である。私の目差す俳句は人を含めた全ての生物の命の輝きを表現することだ。例えば介護を要する夫との生活を詠った「後の月」と題する句がある。「母洗ひしこんどは夫を星月夜」山本耀子。この後も大変な介護が続くのに悲観も絶望も見せない句が続き心を打つ。この作者も俳句を用い夫の介護を心の言葉で表現し心の安定を回復させている。この様な命の輝きをもつ俳句を目差したい。

若水でなだめて固き陶土打つ

初護摩の御衣《おんぞ》に乱れなかりけり

這ひ這ひ這ひにふりまはされし初笑ひ

海猫の腹黄金色して初日受く

恍惚の母の水仕や七草粥

雪消しの土撒く畑に雪降り来

渾身の力のかたち木の根あく

春耕と言ひプランター二つ三つ

牛舎いま春光返す息あふれ

雪割の火照のままに診療す

村中に馬糞匂へり春嵐

朝東風へ光の音を生む毬藻

蹄鉄にそれぞれの音厩出し
黄塵の空へ透明エレベーター
春耕の土の吐息に貌晒す
雛僧の絶えぬささくれ寒戻る
陽炎の涯は大河やトラクター
囀りのチセをへだてて競ひけり
万緑に火を打ち込みぬ紫灯護摩
毬のごと赤子浮きをり菖蒲風呂
幼児のはじめは跳ねて青き踏む

傾ぎつつ緑雨をこぼすアイヌ墓標
リラ冷の夜気をつらぬく集魚灯
旋回し鈴蘭の野に機首合はす
天瓜粉嬰が動けばみな動く
蜜蜂の地を這ふのみや襟裳岬
手折るなよコロポックルのラワン蕗
結界のあるかに海霧の獄舎かな
少し濡れゐしが顔まで水鉄砲
積む昆布に扇風機の首曲げにけり

滝行を見終へて握り拳解く

囚人塚に数を競へる蟻の列

夏やせに往診鞄くひ込めり

避難所にえらぶ言の葉秋扇

一灯に集ひ地震禍の月見豆

茸飯提げて余震の母のもと

給水車に長き行列そぞろ寒

腰入れて地より馬鈴薯はがしけり

停電の街に煌々秋北斗

のけぞりて天へ投げ打つ鮭の網
執ししは義歯の一ミリ夜の風鈴
湯豆腐にでんと昆布布く島の宿
オホーツクの闇へ一心の霧笛かな
月光に打たせありけり草ロール
干鮭の北風に西向き東向き
初猟の帽子走れり原生林
日高嶺の日の衰へに豆のにほ
お十夜の雪のこりたる苔の色

この家も玻璃に競へる霜の花

夜更かしの灯の大揺れに除雪車来

雪像の後ろへ回り貧相な

厄払受けてひとしく笑ひ皺

雪掘つて鳥呼ぶ窓を全開す

往診の椅子を木華の庭に向け

雪上の樺皮《かんぴ》にからむ羽根の色

流れくる氷塊に日の散乱す

橇滑りの奇声が先に届きけり

尾関郭子

おぜき・ひろこ

略歴　昭和二一年二月二五日岐阜県に生まれる。岐阜大学卒業後、小学校の教師となる。平成一四年廣瀬直人主宰「白露」入会。師系飯田蛇笏、龍太。一八年「白露」山梨句会特選一席受賞。二四年「白露」終刊。二五年井上康明主宰「郭公」創刊と共に入会。同年『四季吟詠句集』28に参加。

現住所　〒二二七−〇〇六七　横浜市青葉区松風台三四−二四

特選句

花ミモザ風の重たき礼拝堂

二〇二一年七月号特選

◆特選句評――藤田直子

ミモザアカシアの花です。西洋の花なので、この句の礼拝堂はキリスト教のチャペルでしょう。庭に黄色いミモザの花が豊かに咲いていて、風に揺れています。その揺れを軽いと捉えるか、重いと捉えるかは、観る者の心次第です。この句では「重たき」ですから、作者の心に深く沈み込むような思いがあったのでしょう。礼拝堂で捧げられている人々の祈りの重さも感じさせる点が優れています。

◆俳句と私

俳句を始めて二〇年になる。最近、俳句の資質向上の為先人の俳句を鑑賞している。例えば山口誓子の「春暁の川の激ちもしらじらし」の句で「激つ」を「激ち」と使う事によって句の流れがよくなり、格調の高さがうかがえる。このように言葉の使い方による表現力の巧みさを学べたらと思う。又、水原秋櫻子のような絵画的な美的センスを持った句にも挑戦したい。資質を上げるためには、言葉探しも重要になる。ジャンルを越えてその事に力を入れ自分の思いが理解してもらえる叙情豊かな句を目指したい。この未曾有のコロナ感染症の中、吟行はままならないが、近くの里山に出向き作句している。時間の許す限り言葉探しをする中で、一つ抽んでる句を作りたい。

鳥翔ちて山野を統ぶる初景色

新しきは神木の幣淑気満つ

老杉の影踏む磴や初詣

うすうすと鯉の影曳く余寒かな
夕霞墨田五橋を遥かにす
三川の昂ぶる瀬音山笑ふ
青竹の風に鳴る径風生忌
野を行けば白き渦なす野火の跡
山焼きのあとの墨色空制す
初音聞く歩き慣れたる谷戸の道
香り立つ白湯の一口臥龍梅
濠の芽柳暮れ際の風孕み

入り日吸ひ河津桜の色醸す
蒼天に白き炎のごと花辛夷
藤棚の房揺れてなほ色の濃き
菜の花や柵に擦り寄る斑牛
若冲の群鶏図猛け夏に入る
明け易し閨の小窓に鳥の声
聖五月ピカソの絵皿顔ばかり
暗がりに撫牛光る走り梅雨
隠沼にうねる真鯉や半夏生

土用東風スカイツリーの抽んづる
ちぎれ雲泛ぶ池塘や夏帽子
雲遠く浮巣微睡む水面かな
翡翠の一枝にさわぐ水際かな
蟬しぐれ谷の底ひの地の乾き
街道は白一色や水木咲く
青葉騒かける少女の風のあと
すぐそこに波音おこる棕櫚の花
河骨の群れ立つ沼の月明かり

滴りて弁天窟の大き闇
睡蓮や池の余白に雲一朶
秋に入る勝鬨橋の靴音も
蔵壁に水の斑揺れて秋はじめ
狭霧来て吊橋閉ざす山気かな
秋七草憶良の歌を呼びおこす
浅間嶺の雲解き放つ秋夕焼
一湾へ下る川船銀河濃し
はがれたる幹の負ふ日や野分あと

高原の風の起伏や鰯雲
花野来て夜は星満つ弥陀ヶ原
宗祇水透くや遠嶺へ秋つばめ
女郎花グリムの話語り継ぐ
茫洋とうねる薄野夕日影
稲穂波雲影捉へ風とらへ
稲街道オープンカーの疾走す
曼珠沙華天上の風吹くところ
銀杏散る小道を行きてゴッホ展

尾関郭子

工房の青き火影や神無月
伊豆石に佇む鷺や神の留守
青銅の屋根の尖りも小六月
初鴨の水尾を斜めに風わたる
山茶花や水に散りては日を散らし
一望に星降る丘や葡萄枯る
枯蘆の一水掬ふ入日かな
水鳥やつぶてとなりて湖に落つ
満天の星したがへて年送る

加世堂魯幸

かせどう・ろこう

略歴　石川県に生まれる。令和元年独学で日本語と英語、スペイン語等による俳句を始める。同年「検見川句会」に入会。令和三年「秋麗」「軸」に入会。千葉県俳句作家協会会員。

現住所　千葉県千葉市稲毛区

特選句

八月の物理学者の鬱なるか

二〇二一年一二月号特選

◆特選句評――行方克巳

八月は日本に原爆が投下された月。戦後多くの科学者が核兵器廃絶と世界平和の声をあげた。しかし、原爆によって多くの人命が失われ、後遺症に苦しんだという事実を払拭することはできぬ。科学者はある意味子供みたいなものだ。命じられれば全知全能を傾けて課題に邁進するだろう。例えそれがどのような結果を齎すとも。現代でも物理学者には、そのようなジレンマがあるに相違ない。

◆俳句と私

改めて自分にとって俳句とは何かと考えてみたが、やはりよくわからない。句はこねくり回すタイプではなく自然に降りて来る時を待つので、幾日も新しい句がない事もざらである。平気ではないが仕方ない。だって降りて来ないもん、と珈琲とお菓子をいただきながら読書する。現在無職で起床後から就寝まで夫とそんな感じで過ごしている。いま河合凱夫全句集がおもしろい。俳句の話しかしないので家族から嫌がられているが、二匹の猫は眉間に皺を寄せて真剣に聞いてくれる。が、返事もないし私の句を笑いもしないので少し虚しい。句会とは楽しいものなのだと感慨にふける。皆様どうかお元気でお過ごし下さい。いつか会えたら幸いです。

親友と呼んでいいかな福寿草

雪解や線路の上の犬の骨

春泥に包まれている木乃伊かな

着飾りし乙女の木乃伊春の雪
薄氷をつまみ上げれば真つ二つ
女紋つなぎて今日の雛祭
焼け跡を走る黒犬朧月
犬ふぐり親に似るなと言い聞かす
千年後きつと桜は咲いてゐる
蕩蕩と底無し沼に落花かな
遊郭の天井に穴春夕焼
吾の猫に別宅のあり蛇苺

加世堂魯幸

蛇苺蔵の扉は半開き
やはらかき肉球をもて金魚獲る
金棺に矢車草の手向けられ
見つけたる泉の清さうたがはず
赤しかないから唐辛子描いたよ
夕立の蔵の奥には誰かいる
虞美人草血は紅の理由あり
斑猫は道を教へてくれません
睡蓮に滅びの果てのさざなみ来

仏壇の開かぬ抽斗油照り
姫女苑お城に姫はをりませぬ
しだらでん八月の馬直立す
関係者以外禁止の秋祭
天高く私といふ石ひとつ
秋晴や姥捨山は此処ですか
落花する蟷螂と目の合ひにけり
揺らしてはだめよ芒と担送車
満月の裏に棲みたる兎かな

月天心嗚咽を舐めに猫の来る

鶏頭や木乃伊の胸に納めけり

近道はいつも悪臭きりぎりす

街灯や南瓜畑の恐ろしき

猫の名はカインとアベル稲光

秋の金魚昏き紅に錆びる

故郷は薄く汚れて実むらさき

娼館より来る黒猫冬の月

一頭の鮫を嫁入り道具とす

ガラス越しの鮫隣国の不幸
赦される転生ならば鱶の眼に
山眠る天地息を同じうす
狼を従えている雪女
千枚田氷りて万の罅をなす
冬草や脳細胞は壊死しない
恋うほどの親はいません寒卵
枯野道いつか必ず犬を飼う
枯野行く『眼球譚』埋めに

加世堂魯幸

冬帽子かぶせに海辺の病室に

我もまた部屋の埃や日向ぼこ

無敵とは戦わぬこと日向ぼこ

およそ寒雀ほどの手榴弾

自由とは餅に砂糖をかける事

「悪魔など存在しない」万愚節

北壁の卵よ『猫の首』を読め

春夕焼左京にすべて教わった

サイレンは19HZ春の闇

河端不三子

かわばた・ふみこ

略　歴　昭和一九年京都府に生まれる。平成一一年「彩」入会。平野ひろし主宰に師事。一八年「彩」同人。二五年朝日埼玉文化賞準賞。令和二年より「俳句四季」投句。

現住所　〒三六〇－〇一一一　埼玉県熊谷市押切二五四六－一二四

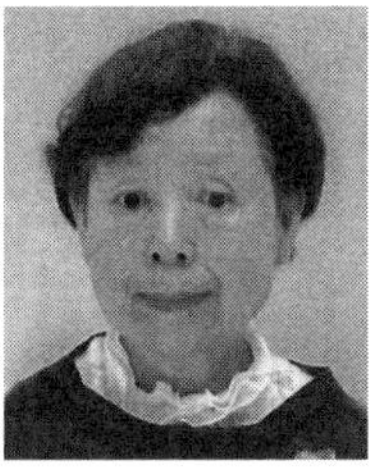

特選句

累卵の世に花ふぶき花ふぶき

二〇二一年八月号特選

◆特選句評――古田紀一

累卵はくずれやすく、きわめて危険な状態。現世はいろいろな累卵の中にある。気候の温暖化、宗教の違い、人種間の問題、政治体制によるいざこざなど。いまは殊に新型コロナウイルスの終息がなかなか見えて来ないということ。累卵の世と断定しつつ浴びる花吹雪は、『平家物語』の祇園精舎の鐘の声の無常を思わせるものであるのかもしれぬ。

◆俳句と私

今は亡き富士市の平野ひろし「彩」主宰が、はるばる熊谷市の旧江南町に俳句の指導に来ておられた。創刊同人は小林守男氏、小林セツ子氏、竹内端芽氏、中島紀之助氏、そして佐藤恵子氏。錚々たる会員諸氏も切磋琢磨していた。先生は片道五時間かけて車を運転し一泊二日で指導に当たられた。それは八十歳を越えても続けられた。

会員もその熱意に応えるように熱心に俳句に取り組んでいた。句友にも恵まれ私は「彩」で大いに学ぶことができた。俳句を知って二人三脚のように常に私の傍らに俳句があった。俳句を詠むことで喜びは更に大きく、悲しみは和らげてくれた。今では俳句のない人生は考えられない。私の俳句に関わって下さった全ての皆様に心より感謝したい。

かくれんぼ春の扉は子があけむ

大粒の山の春星真珠婚

つばくらのムンクの叫び鳥来る

蚕豆の莢はみどりの鋳型なり
青嵐めくり絵となるピカソの絵
通せんばうﾞ蛍袋の花錘《おもり》
烏瓜花の投網を広げたり
パンドラの蓋を失くして世紀果つ
小白鳥翼の下に力瘤
枕上ミああのかうのと猫の恋
春の大曲線ピーターパンの滑り台
糸二本蝶の蛹の命綱

河端不三子

水《みず》銀《かね》の表面張力蓮の雨

さそり座のしっぽ焦がして大花火

立板に水大瑠璃の玉の声

七夕竹アラビア文字もハングルも

多羅葉に風の落書き賢治の忌

火山灰《よな》降れり利休鼠の里の秋

尉鶲胸ふつくらと黄《こう》櫨《ろ》染《ぜん》

シベリアの氷雪の紋尉鶲

柚子風呂の柚子の三つ星七つ星

囀の空気ふるはせ水ふるはせ
白光体白木蓮の絶頂期
棕梠の葉は風の鍵盤鳥の恋
星放つ己の光誓子の忌
鷺草の鷺の百羽の甘き息
手話交す指は花びら花八手
古色然メタセコイアの黄落期
胡桃割るなか右心室左心室
明るさは一万ルクス障子替ふ

ヴィーナスは出つ尻土偶女正月
地上絵は千変万化花の塵
立ち竦む桜吹雪の花礫《つぶて》
琉金の鰭は生絹《すずし》か羽衣か
てのひらにてのひらの蓋蛍容れ
オカリナは小鳥の形鵙日和
色鳥の声トマの耳オキの耳
日向ぼこ覇気も毒気も消え失せり
九十が九十介護雪しんしん

原子炉は砂上楼閣月おぼろ
原子炉は地球の墓標月おぼろ
野遊びの子らは恐竜探検隊
パリ生まれロンドン生まれ薔薇香る
揚花火大河の天に辻が花
教皇の言霊に触る一つ星
灯火親し夫は医学書われ俳誌
冬銀河きつとどこかにひろし星
告げ回るコロナ元年ほととぎす

蛍の里宇治市神明宮東
累卵の世の行く末や十三夜
立ち籠むる霧の深さに戦《おのの》けり
寒工房命毛で描く雛の眼
紙飛行機うすらひの滑走路
始祖鳥の化石の窪み囀れり
人々の英知は無限春北斗
おぼろ夜の北を違へず一つ星
ふらここは子供の翼漕げよ漕げ

高瀬和子

たかせ・かずこ

略歴　昭和八年九月二八日東京都に生まれる。平成二六年「風花」入会。小川濤美子主宰没後「今日の花」入会。小川晴子主宰に師事。「今日の花」同人。俳人協会会員。

特選句

大仏の御手に置く風春浅し

二〇二一年六月号特選

◆特選句評――小川晴子

「大仏」は奈良東大寺の盧遮那仏、鎌倉、長谷高徳院の阿弥陀如来などが有名である。立春以後の浅春は日差しは少し春めいてくるが、風はまだ冷たい。長い冬が明けて、心持ちが春に向けて段々に明るく軽くなって来る思いが伝わってくる。「大仏の御手に置く」の「置く」に私は感心した。浅春の風は大仏を包んでいる。その御手には私共がいる様な有り難い優しい思いにさせてくれる句である。

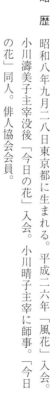

◆俳句と私

人間との会話のままならない昨今、自然との対話の中に詩の心を求めて散策する。通りすがりの風が快く頬に触れる。そんな風の気持を言葉にしてみる。時には落葉を踏む音に言葉を拾いながら歩くこともある。

一行詞、わずか一七文字の間に句読点はない。「言ひおほせて何かある」と言う芭蕉の教えがある。余情を大切に、余分なものは省く。省略の文芸だからこそ、見て美しく声に出して快い言葉を使いたい。

先日、晴子師より「五目飯です」との評を頂いた。省略の中からいろいろなものが汲み取れる句を詠めるようになりたい。俳句と出会って九年目、私の俳句人生は幕をあけたばかりである。

アトリエのミシン踏む影夜業の日

虫すだく闇に寸陰惜しむかに

行秋やとり残されし詩心

初冬や風の形になびく影
帆にはらむ風豊かなり神の旅
フラッシュに極上の笑み七五三
冬ぬくし媼の伽ぎに子等寄りて
短日や空飛ぶ魔女の宅急便
言ひたきは心に畳み枇杷の花
踏めば泣く浜の白砂冬ざるる
冬天に薬師寺の塔西東
雪しぶく夕べ古刹の六地蔵

大津絵の鬼も鉦打つ節分会
かざす手の影やはらかし冬の草
タイタニック沈む夜長の物語
仁王像まなこの奥にある余寒
ぽろろんと小犬のワルツ雪解村
海苔粗朶にあるなしの波磯日和
結末のなき物語春の風邪
もどり路の余韻再び梅見坂
陽炎ひて歪む鉄路の響きかな

地の果のロカ岬まで青き踏む
天空の廃墟の都春霞
一片の詞波に酔ふ桜貝
花の雨一ひら浮かぶ潦
たかんなの石仏とまがふ藪の雨
肩の荷をさらりとおろし更衣
夏至の空のぼりつめたる日の翳り
蜻蛉生れ風の声待つ水面かな
トスカーナの糸杉の丘星流る

南瓜煮の日の色滲む夕の卓
タワーの灯ともらぬ夜々の盆の月
沖を行く帆に万の風涼新た
日と月のオブジェ影さす晩夏光
雲海やこの夜の些事を地にとどめ
身にしむや今は名のみの橋の跡
寺あらば詣でてよりの紅葉狩
秋高しコペルニクスの地動説
零れ日に差すをためらふ時雨傘

鷹舞ふやカッパドキアの宙を愛で

凩や言葉にならぬ夫の声

佇めば風新たなり汀女の忌

奥入瀬のくだけるしぶき月煌々

磴埋む藍の風呼ぶ四葩かな

囀りや早口言葉きりもなし

本棚のすき間に小さき夜寒かな

雲となる風のため息大花野

風を焼くごと風を追ふ野焼かな

ウェディングベールは長し針供養

ひぐらしの輪唱に引く今日の幕

秋晴や昨日と違ふ今日の空

石畳落葉湿りの音を踏む

野仏に石蕗を灯せり広徳寺

旅心はや海を越え夏めける

遠き日の指きりげんまん小鳥来る

朝粥の湯気に恥らふ寒卵

日を重ね影を重ねて返り花

高橋純子

たかはし・じゅんこ

略歴　昭和二八年一〇月二一日兵庫県に生まれる。平成一八年八月「円虹」入会。平成一九年四月大阪俳人クラブ入会。平成二二年一〇月「ホトトギス」入会。平成二三年二月日本伝統俳句協会入会。令和元年五月ねんりんピック正賞。令和元年一〇月高松市議会議長賞。

現住所　〒六五四−〇一〇二　神戸市須磨区東白川台二−四−三

特選句

朝顔の蔓の奔放なだめけり

二〇二一年一二月号特選

◆特選句評――山田佳乃

朝顔の蔓が添え木に巻き付いてぐんぐんと成長していく様子を「奔放」と一語で表現されたところが巧いと思った。

「なだめけり」という措辞により、朝顔の蔓の勢いを感じさせていて、朝顔の生命力や青々とした葉や青紫や赤紫の花色まで見えてくるように感じられた。すっきりとした表現で朝顔らしさを伝えている。

◆俳句と私

　コロナが蔓延しだしてから久しい。ワクチンを三回接種しても罹患するというのだから相当手強い。重症になるのも、後遺症に悩まされるのも怖い。「いつ電話したらいるの?」と言われるくらい外に出掛けていた私だが今は殆ど家に籠っている。通信やリモート句会には参加している。ところが頭で考えた句は何か空々しい気がするのである。そこで最近では夫や犬を誘い出して「わが町再発見」に出掛け始めた。幸い神戸は海も山もあるので三百六十度句材だらけである。着膨れのコートのポケットには勿論、紙と鉛筆をしのばせている。垣根越しの臘梅の香りに誘われて気の向くままに西へ東へぶらついている今日この頃である。

宝恵籠の項の揺れて右左

新しき草履にも馴れ小正月

立春や何でもできるやうな気に

学びたき心逸りてしよしゅんかな
ウイルスのニュースの中に聴く初音
開けられぬ夫宛てバレンタインチョコ
遠足の園児誰かが泣いてをり
春光を散らしたてがみ靡きけり
朝の日や薄氷白き羽放つ
日照雨して光なほ増す柳の芽
出漁の夫を送りて海苔を掻く
被災せし浜の風受け若布干す

高橋純子

汀まで白砂踏みて春日傘
近づきて青葉の山となる一島
青蔦の余白許さぬ勢かな
その昔女人禁制道をしへ
能面の眼の奥宿る五月闇
翡翠の瑠璃色濡れて雨もよひ
夕立の軒に生まれし恋ひとつ
桐の花幼馴染と結ばれて
嫁といふ子をたまはりぬ母の日に

さくらんぼ比べてならぬ姉妹
せつかくの髪形崩し夏帽子
放たれて子等のきらめく水遊
夏書して母に心の通じけり
籐寝椅子ほころびさへも愛ほしく
終活も頭の隅に更衣
黴生えて主婦の矜恃の消え失せり
夜濯の盥一つに足る生活
もう元に戻せぬ縒りや文字摺草

星月夜一歩遅れて歩く癖

恋消えし女に重くカンナの緋

めはじきや妹いつも姉の真似

傍らにいつも母の香秋扇

洗ひたる祖母の硯の縁欠けて

消灯のカーテン開けて見る良夜

天の川こぼれて消ゆる星のあり

秋晴や吹けぬ口笛吹いてみる

ひとすぢの風の抜け道竹の春

川風に見つけられたる葛の花
さやけしや木の香の満つる雨後の森
背負ふもの風に捨てゆく秋遍路
山寺の燭となりたる白桔梗
陵へ戻つてゆきぬ穴惑
停電の闇の続く地身にぞ入む
祈らずにをれぬことあり神の留守
逞しきラガーにもある父の顔
辻ごとに北風にぶつかる商都かな

初雪のしづかな昼でありにけり
花八手かつて鳥小屋ありし庭
ふと母の匂ひのしたる小春かな
陵の山の裾まで冬耕す
どれほどの落葉踏みきし一万歩
大鷲や地の一点へ急降下
玻璃窓に細き指跡雪女郎
凩や大橋の灯のちりちりと
冬凪の曳く出航の紙テープ

溜谷哲子

たまるや・てつこ

略　歴　昭和八年三月一八日山口県に生まれる。平成一二年「波」入会。一八年「波」同人。平成三〇年骨折により「波」退会。

現住所　〒二五四—〇九〇五　神奈川県平塚市日向岡二—一〇—一二

特選句

三月の虹を賜るわが米寿

二〇二一年五月号特選

◆特選句評——宮田　勝

三月の虹は珍しい。虹が初めて現れるのは清明の四月五日頃が多い。三月下旬の生まれであろう。回想ではない。これから迎える三月が八八歳の賀、米寿なのだ。虹の前は驟雨だ。人生も驟雨の連続であった。歳月流るる如し。米寿の三月には眼前に虹を賜るのだ。思春期は敗戦の中、激動の社会を生き抜くしかなかった。それでも、思えば佳い人生であったと、安心を得た虹が立つというのだ。

◆俳句と私

季語の美しさ、韻の心地よさにひかれて俳句を始めたいと思い、さて俳句の「は」の字を知りたく、NHKの通信講座を一年。その折のテキストの付録に座談会の様子があり、倉橋羊村という人の話しに惹かれ、わが師はこの人と決め、平成一二年倉橋羊村主宰の「波」に入会。羊村先生のモットーは「人間としての成長なければ俳句の上達は望めない」という厳しいものだった。やっと平成一八年に同人に加わり、詠むことのむずかしさを分りはじめたころ、平成三〇年夏、大腿骨骨折により「波」を退会。

春闌けし鳶《とび》きりもみの恋岬

白梅や清廉の父母の忍

燕くる肚《はら》の分度器違《たが》はずや

いそいそと五畝のほまち田麦を踏む
花冷や午後の庭師にモカを挽く
攀ぢては落つえんぴつほどの蛇の子よ
月光に色立つ四葩役者然
猟期了へ寺門をくぐる猟夫かな
料峭の日蓮像の素足撫で
おぼろ夜の介護の夫の便を褒め
わが句もう貶す夫なし養花天
ひまわりの波打つ畑やソフィアローレン

初潮きし少女の黙よ青なつめ

苗をまつ代田の緊張朝の月

朝ごとの未完のいのち夏椿

研ぎ細る鎌の切れ味夏蓬

寺を守る卒寿の母の蝿叩き

法事后の嫂《あによめ》したし夏座敷

白絣老いて茶髪のマルキスト

山寺の縁側高し三尺寝

朝まだきうかと跨ぐや蟾蜍《ひきがえる》

走り梅雨製材の香の遠くより

竹落葉円月殺法乱反射

正装の胸に一物黒揚羽

花了へて朴はただの木遠郭公

朴咲くや今も木橋の行者道

山藤を褒めて二人の測量士

郭公や音の太りし山筧

息をとめ葬送を見る蠅《はえ》捕《とり》蜘《ぐ》蛛《も》

寝《ね》茣《ご》蓙《ざ》干す夫のひとことすまんなあ

溜谷哲子

王朝の色となりゆく実紫

山茶花の崩壊といふ怖さあり

風呂敷に包めぬ老後いわしぐも

見延路の山かぶさり来日短し

鯖雲や「哲」とは重き父の意志

遠き拍手に術後の目覚め素秋かな

史実何ぞや明智びいきの山桔梗

ひと抱への桔梗とどく赦しかな

杉鉄砲夫の操行いつも丙

十三夜いまだ先祖と呼べぬ夫
呼びとむる夫連れ帰る秋彼岸
夫逝きて襲いくるもの白障子
昼を鳴く葬花の脚のちちろ虫
音もなく歩む軍馬や盆の月
ひたまはる独楽の恍惚立姿
薄氷割りてかぶるや荒行僧
師の袖に沙弥《さみ》の少年初勤行
冬すみれ古稀の知恵熱問ふなかれ

新婚の燦として貧寒卵
やさしさが怖くて言へぬ薄氷
蒸しタオル夫に手渡す今朝の冬
冴返る我をはなるる夫の顔
生き死にはひとりとなりて水仙花
風花や葬の一日の足袋を脱ぐ
わが家へと白雨を走る夫の魂
生前の形そのまま冬帽子
流木の忘我沈沈冬の旅

徳岡ひとみ

とくおか・ひとみ

略　歴　昭和二六年七月五日愛媛県に生まれる。平成二〇年高橋悦男主宰「海」入会。二四年「海」同人。令和元年上田日差子主宰「ランブル」入会。令和二年第三五回海虹賞受賞。令和三年「海」退会。令和四年「ランブル」同人。『四季吟詠句集』24、27参加。俳人協会会員。

現住所　〒七九〇－〇八五四　愛媛県松山市岩崎町二－七－三七

特選句

ふらここや子は約束をすぐ忘れ

二〇二一年八月号特選

◆特選句評――上田日差子

「指きりげんまん」の唄も歌いたくて、約束をしたくなるという子ども心は、誰もが経験したことであろう。ただ、その約束は実にたわいの無いものであるにちがいない。まさに「子は約束をすぐ忘れ」の措辞が適っている。暖かくなり、外遊びも楽しくできるようになり、「ふらここ」に戯れる幼子の明るい表情が目に浮かぶ。句を読んで、ほほえましい景色に心が和むのである。

◆俳句と私

自己表現の一つとして、季節の移り変わりを肌で感じ、その感動の瞬間を表現する俳句に巡り逢いました。スランプに陥り、俳句を離れようと悩んだ時期もありましたが、続けてきたお蔭で、コロナ禍での日々も、自分を見つめ充実した時間を過ごす事が出来ました。

多くの句友の出会いにも恵まれました。現在は日常を詠む中で、季語と出会える事の喜び楽しさを感じております。俳句を通して今の自分と向き合いながら、これからも自分史の一環として、今を生きる記憶として自分らしい俳句を心がけていきたいと思っております。

海風に崩るる雲や春寒し

恋猫や空家の庭を駆けめぐる

ひと竿の若布を干して駐在所

雉翔てり石ひとつ置く山境
山からの水引き込みて菖蒲園
花合歓や風渡りゆく湖の色
甌穴の空あをおあをと揚羽蝶
老鶯や谷の底まで日の射して
廃校に養蜂箱や花蜜柑
白夜光眠れぬ旅の続きけり
クルーズのディナー白夜の海見つつ
夏霧を曳きてフィヨルド観光船

時差ボケの朝の目覚めや蟬の声

花芙蓉けふのひかりに開きけり

引き返す最終バスや天の川

芳しき音を散らして松手入

帰省する神輿担ぎや秋祭

水害の爪痕残る晩稲刈

荒れ果てし父祖伝来のみかん山

神の留守辻占ひに人の列

風の音止めば波音野水仙

春潮や真珠選別する窓辺
漉き紙の一枚ごとの春日かな
ふらここや悔し涙の乾くまで
蝶の昼籠の形に猫眠る
ゆでこぼす豆の匂ひや春の昼
貝寄風やリバーシブルの旅心
平成二八年七月号　藤田直子特選
芽柳の風を見てゐる足湯かな
合歓の花暮れゆく空の色重ね
楊梅の熟れゆく空や父母の墓

巴里祭やクロワッサンの測り売り
釣忍潮の匂ひの夜の雨
蟻の道退くことのなかりけり
青空の乾いてゐたりいぼむしり
礎石のみ残る教会蜥蜴這ふ
物乞ひの幼き少女日焼して
みづうみの底まで届く新樹光
あとにつく現地ガイドの白日傘
聖堂の硬き長椅子驟雨過ぐ

ミサの鐘響く中庭枇杷熟るる
旧市街囲む城壁灼けてをり
遠雷や海にせり出すカフェテラス
月涼しライトアップに浮かぶ塔
星月夜鉄路ひしめく操車場
かまつかや硝子を溶かす火の匂ひ
石積みの石の緩びやすがれ虫
色鳥や源流守る父祖の山
石庭の風にたゆたふ秋の蝶

徳岡ひとみ

切岸の風のかたさよ鷹渡る
カルストの暮色深めて牧閉る
さざ波の絶ゆる事なき荻の声
茶の花や村半分の日が暮れて
言へぬ事言はぬ事あり毛糸編む
綿虫にほど良き風のありにけり
寒禽の声にぎやかに散りにけり
山峡の日暮れとどめて干大根
凩や漁港は軋む音ばかり

外山輝雄

とやま・てるお

略　歴　昭和一二年一二月八日東京都に生まれる。翌年一三年新潟県に移住移籍。平成三〇年吉見町文芸俳句の会に入会。令和元年「天為」入会。令和二年「俳句四季」投句始めました。

現住所　〒三五五―〇一五六　埼玉県比企郡吉見町長谷九七一―九三

初夢は羽化登仙の旅支度

二〇二一年五月号特選

特選句

◆特選句評――山本鬼之介

実に雄大な初夢である。きっと、七福神の絵を枕の下に敷いて寝たのであろう。羽化登仙は、中国古代の神秘思想＝神仙思想によるもので、人間に羽が生えて天に登ることを意味する。期待と不安を胸に抱いている「旅仕度」が、読み手にも夢を与えてくれる。遊びの道具に過ぎなかったドローンが、どんどん進化している。何時の日か、ドローンを背負って羽化登仙の気分を味わう日が来るだろう。

◆俳句と私

此の度は、初めて山本鬼之介先生の特選を頂きました。誠に光栄に存じております。大変嬉しいです。平成三〇年、八〇歳で職を退きました折、地元吉見町生涯学習の文芸俳句の会に誘われて俳句を始めました。作句は楽しい、想う事、感じた事を五七五の文字に託して、読手の方々より様々な感想が頂けて又励みになります。感性を磨くと共に、ボギャブラリーを増やしてゆこうと心に誓っております。俳句は、これからの人生の友です。

令和元年「天為」に入会、津久井紀代先生から励ましを頂きました。令和二年「俳句四季」投句始めました。令和三年「天晴」入会致しました。

花筏私を乗せてどこへゆく

菜園を耕す手元花吹雪

若葉萌ゆ今日の青空友は観ず

風光る心耕す其の日まで

水温むなんとも不思議蝌蚪の紐

蝌蚪の紐命の始め見るような

芹を摘む触れる指先水温む

足止めをいただいたまま復活祭

終息を祈る今年の復活祭

忘れ得ぬ記憶の底の祭足袋

村祭り大きな花瓶立葵

古里の祭り見知らぬ人ばかり

外山輝雄

風光る八海眺む人老いぬ

生命ある黄色い薔薇に囲まれて

見あぐれば泰山木の白い花

青田風頑張らないでマイペース

銅山の歴史語るか山百合よ

子や孫とひとつに暮す西瓜割り

合歓の花人の賑ぅ墓詣で

薔薇の花ペンテコステの夜が明ける

満緑の林の中で野外ミサ

日本海沈む夕日に大太鼓
晩齢の美学求めて菊根分け
穀雨浴び今を生きよと活を入れ
蕗の薹喚声上げる女《ひと》の声
臘梅や道ゆく人の足を止め
立春に印の如く雪が降る
桜咲く土手の賑わい人の数
少年の頃思い出すかな入道雲
八十路過ぎゆく日々や秋惜む

外山輝雄

余命など計る術なし月見草
秋風や災害なきを願うのみ
谷音と黄葉浮べて露天風呂
ジャンダルム空いっぱいの鰯雲
空澄て郷愁誘う木守柿
槍穂高妻と登りしナナカマド
萩の花人待顔の六地蔵
独り訊く雪積もる音山の宿
寿ぐや今を生きよと初日の出

初春やルルドの水の旨いこと
吹雪とも誰も急がずカレル橋
春よ来い曾孫トコトコ歩き出し
アララトに「ノアの箱船」雪の中
横殴りシリア砂漠で吹雪遭う
山盛りのナツメ椰子の実露天商
パルミラの石柱染めて冬夕日
ウルの町干乾煉瓦のミナレット
コーランの流れる朝やダマスカス

リラ香るイサク聖堂のイエスの目

雪降るも泳ぐ人あり地中海

星が降るアルルの女犬二匹

ピンヒール黄葉を踏んですれ違う

枯蟷螂そっとつかんで日溜まりへ

冬薔薇狭庭に灯る明りかな

友逝や胸いっぱいの鰯雲

薔薇窓の光を浴びて聖歌聴く

大晦日夕日眺めるロカ岬

長澤一枝

ながさわ・かずえ

略歴　昭和六年四月二七日埼玉県に生まれる。平成一七年「彩の国いきがい大学」鷲宮学園入学、俳句部入部。平成二六年「雅楽谷」入会。同人、俳人協会会員。平成二三年より「俳句四季」に投句開始。

現住所　〒三四〇―〇二〇六　埼玉県久喜市西大輪二―一五―五

特選句

近よれば散華と見せて秋の蝶

二〇二一年一二月号特選

◆特選句評――中田水光

江戸時代の初期に「落花枝に帰ると見れば故蝶かな」という句や「やあしばらく花に対して鐘つく事」などの句が作られたことがある。寛永十年に重頼が『犬子集』を出版すると俳諧人口は飛躍的に増大した。この句も忘れかけていた俳諧が文学になったきっかけを思い出させてくれる。パロディーではなく純粋に客観写生として詠んだのであり、すぐれた機知性をもっており、見事な仏心である。

◆俳句と私

此の度、中田水光先生の特選を頂き『四季吟詠句集』36に参加出来ますこと、心より感謝申し上げます。長期間の着付講師の仕事をやめ、これから俳句一筋と思っていた時、卒寿を迎え終生忘れられない記念の一年になりました。俳句という短詩型の文学の魅力にひかれ奥の深さに四苦八苦しつつも、災難の多い自然を思いつつ生きていられる事を有り難く思います。平成一七年彩の国いきがい大学の俳句部に入部し、新聞にも投句、星野光二、内野修両先生の選を頂いておりました。その後「雅楽谷」に入会、中田先生の暖かいご指導を受けております。そして句友と楽しくすごせることにも感謝し、これからも精進して参りたいと思いますので、宜しくお願い申し上げます。

初東風や長き袂の乙女ゆく

早七日青菜の刻む音高し

梅一輪会席膳に添えられて

バス待つや寒月揺るる潦
ぐずる膝両手で包む寒の夜
目覚めよく幼の笑顔冬ぬくし
ゆるき歩をふり返り持つ時雨かな
街燈の滲む街並時雨くる
冬至湯や今日の五感を沈めけり
冬ぬくし睡魔にペンの音呑まれ
肩包むショール二重に宵の駅
遠き日の路を訪ねて春ショール

みどり子のよちよち歩く聖五月
金ボタン凜凜しき肩や風光る
ほっこりと藍の色濃し春さむし
ふり返りふり返る背に春の月
春の月触るるばかりにペダル踏む
遠き日の文の残りて朧の夜
卒寿なお弥生の雲に思い馳せ
山笑う土蹴り上げて牧の駒
ボール追う子の声高し草青む

うららかや大地に確と子の立ちて
三叉路や迷う心に百合の咲き
うららかや歩き初めては仁王立
大白鳥黒鳥共に翼張り
ニュージーランド旅行にて
道いっぱい絵がきし子等の春ぬくし
賑やかに蛇口とり合い水ぬるむ
春昼や車内一列スマホ繰る
初桜そそと夕闇下りにけり
中天の弓張り月や夏兆す

つぶらな眼の平和宣言広島忌

名産の梨の量感手に余る

晩年の迷いは宙へしゃぼん玉

博多織真白き帯や夏はじめ

塩沢の単衣の裾に風あそぶ

浴衣美し小女等学ぶ和の文化

キッチンの透けるのれんや今朝の夏

リハビリの酷暑に出合う車椅子

被災児の白球とばす夏の戦

球場の熱気と歓喜夏果つる
迸る水手を跳ねて今朝の夏
維や石の小椅子にちと掛けて
手の齢隠して車内秋扇
秋旱驟雨に土の匂い立つ
敬老日陰膳の酒なみなみと
自己主張抑えきれずに柘榴爆ぜ
旧姓で呼ばれてはてと青木の実
月澄めり俗世の罪を許すらむ

龍田姫旬の味覚へ去り寄る

落葉踏み音に小おどりする幼

月澄めりさらりと流す我がにごり

背のびして手を振る幼秋うらら

山眠る納屋の農具も眠りけり

短日の小江戸巡りに夢のこし

金の夕日岬を包む秋の汐

白足袋の干されて揺るる日の溥し

病室のガラス戸ぬける冬茜

早川たから

はやかわ・たから

略歴　本名・早川寶。昭和二三年一月一日宮崎県に生まれる。平成一七年句作開始。岩切雅人「青銅通信」、続いて布施伊夜子「椎の実」入会、三〇年同人。二六年より県大会特選数回。二八年NHKと角川全国大会正木ゆう子同時特選。令和元年県大会最優秀作品賞。二年宮崎文学賞一席。その間「青銅通信」句会ブロンズ賞。

現住所　〒八八〇−〇九四一　宮崎市北川内町円光明六三三六−七

特選句

蛸は蛸壺蛇は蛇穴核シェルター

二〇二一年一二月号特選

◆特選句評——高橋将夫

蛇は穴に入って冬眠するが、穴を出ればのどかな春の大地が待っている。蛸は蛸壺に入ると捕獲されるが、それでも外には戻るべき豊かな海が残っている。それに比べると人間が核戦争で避難して核シェルターに入った時、外には放射能に汚染された大地があるばかりで、戻るべき豊かな大地を半永久的に失うのだ。核戦争への警鐘の一句といえよう。

◆俳句と私

母の通夜の時、お別れ句会が自宅であり、その暖かさに母の幸せと俳句のすごさを見た。父母の姿に俳句を始めて一五余年、多くの句会で様々な人達と交流を重ね、その楽しさ難しさ多様性を知った。所詮一七音の最短詩形、先達のいう先ず「物」があり、人の見る情景、色、匂い、触感を通じ心象風景を詠む。そこには「写生」という本質があり、多々ある決りのうち季語、定型韻律の確信がある。俳句は「私」を意識することに他ならず、己の感覚を信ずることだと思う。

句には「姿」があり名句の姿は美しい。また俳句にはロマンティシズムが似合っている。私は俳人である前にどこまでもロマンティストでありたい。

荒波が浚ひ忘れし浜昼顔

頬杖の背中で聞きし百千鳥

四眠終へ命透きたる上簇かな

春一番翔けてあの娘に突きさされ
風呂焼べば榾の弾けて里の春
春眠の宇宙の小石になりにけり
ふつと止み不意に湧きくる春の蟬
希望とは例へば連なるあやめかな
朝顔の凜と咲きたる薄さかな
妻が好き立夏の和菓子購ふか
スローモーション蛙跳び出す足の筋
歳時記の父の押花みこしぐさ

早川たから

天心に木霊す山の花火かな

いざ共に老いの名残りの踊かな

短夜やルージュをひとつおきにけり

彼岸花燃ゆる中逝く果報かな

しぐれ忌や柿の木坂といふところ

かなかなやかなかなかなしかなかなし

秋草をさやに映せし思ひ川

牛曳いてドナドナドーナ秋の風

肌寒し天の光はすべて星

木枯はオリオン座から来たるらし
火の山に宥むるごとき雪降れり
初市の人の眼をせる仔牛かな
べろべろばあと書かれてゐたる神籤かな
重心は男根にありハンモック
曲線美見せてあなたは青き踏む
天道虫なにやら嬉し参観日
不覚にもカンカン帽の似合ひけり
「静かの海」夏の苫屋も船もなく

早川たから

南瓜抱く父は水兵海南島

香魚食む産土しばし戻りけり

立秋や二十八万頭逝かせ

夫婦して一日糸瓜水を取る

ハロウィンの夜は魔笛が似合ひけり

ねんごろに食べて弔ふ子持鮎

逝く年や独居老人多き町

菜の花や安堵感とはこんなもの

ふるさとのふところふかき春菜採り

花は葉にあの母さんの玉子焼
友釣りと言うて悲しき囮かな
あの夏のコーラとデモとバリケード
マンゴーや夕べの嘘の後始末
もォやだ！君は氷にカレーかけ
ジャグジーの泡から若き水着かな
この山のみんみんみんみんな鼻詰り
石蹴りの石が痛いといふ炎暑
一人ですか足湯に花の夏帽子

早川たから

募らせるものにおしろい花の紅
虹にゆき多佳子も母も六十四
ふうわりともう秋ですね起きませう
天高し山師の子ぢやろ泣くもよし
牛啼いて再起の村の運動会
暮の秋はないちもんめのあの子いま
月光をやはらかくして会ひに行く
青春は夜行列車の余寒かな
インフィニティ冬の雨だれ刻むもの

原田久美子

はらだ・くみこ

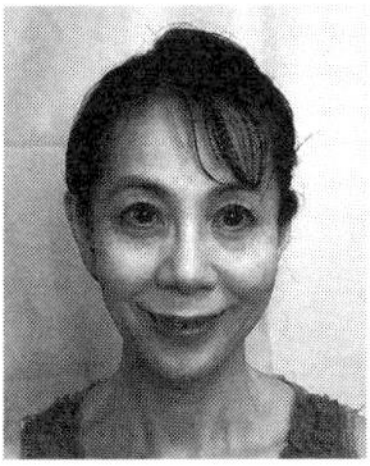

略　歴　昭和三五年九月二〇日東京都に生まれる。平成二七年「秋麗」入会。令和二年同人。平成三一年同人誌「遊俳」参加。第三五回江東区芭蕉記念館時雨忌全国俳句大会で特選。『四季吟詠句集』32参加。

現住所　〒一三五―〇〇〇三　東京都江東区猿江二―三―二〇―一二二

特選句

時の日のお茶の時間はゆるやかに

二〇二一年一〇月号特選

◆特選句評――藤田直子

時の記念日は六七一年の陰暦四月二五日（太陽暦では六月一〇日）に、初めて漏刻が設置されたことを記念し、大正九年に制定されました。具体的な行動をしない日を句に詠むのは難しいですが、掲句では永遠に同じリズムで刻まれる時間という固定概念をさらりと躱していて、新鮮でした。時間は使い方によって、短く感じたり、長く感じたりしますね。作者はいつも豊かな時間を過ごしておられる方なのでしょう。

◆俳句と私

私はマスターズ水泳をしていて身体的にはきつい時が続きます。そんな折、丁度投句の締切日が近づき、椅子に坐り句作を始めます。それが身体を休めるのにとても良いのです。「今日は作句するぞ」と朝から俳句に没頭できる時間は何と豊かなことか。俳句に浸れる幸せを感じます。歳時記とにらめっこをし、佳句を読みイメージをふくらませて、ふと良い句が天より舞い降りてきた時は至福の時間です。月に一度、句会でお仲間と笑いながら時を過ごすのもリフレッシュできる大切な時間です。句友の皆様に恵まれ、良い師に導かれ、感謝の気持ちで一杯です。これからも良き頭の体操である俳句、仲間との触れ合いの場である句会を大切にしていきたいです。

ひとさじの粥をあなたに冬すみれ

二月尽棺を守る剣一つ

紅色の涙滲ませ春の月

時静か別れを告げし春の朝
麗らかな光を浴びて父逝きぬ
担がれし棺を濡らす春の雨
雛のこと思ふことなく時流れ
しやぼん玉少し歪な世界乗せ
春愁や鳥のうつむき麗しく
清明や土より来たる命有り
桜まじ別れをそつと包みけり
子規打ちし球よどこまで夏の空

原田久美子

水面へと野獣となりて飛び込めり

世界新プールに響く黄色き声

空高く響け晩夏のレクイエム

中国語まだ学びをる生身魂

鳥達の友となりたる案山子かな

おくにちのあまりに高き空の青

曼珠沙華女の恨み吸うて咲く

小春日や恋から解放されし日々

十二月八日静かに書を開く

スタートのピストル音や春立てり
里帰り春風通る庭のあり
春ショール掛けて心の波隠す
春の風邪パステル色の薬飲む
南風吹くオランダ坂を登り切る
秋初め雲奔放に空泳ぐ
秋うらら顔見せに寄る母の家
爽籟や活動弁士の声響き
ハーブティー少し冷まして白露の日

秋簾少し歪みて懸かりたり
縄跳びの孤は伸びやかに冬うらら
猫の尾のぴんと上がりて年立ちぬ
鋭角に入る水際寒稽古
柔らかき少女の日々や土筆摘む
できるのは廻ることだけ風車
世の中のちよつとめんだう蜆汁
春宵の詩集の中に入りにけり
若葉風流るる部屋でハイネ読む

鐘の音やプラハの丘の聖五月
翡翠や緑の風に住んでをり
長崎の山は緑雨に煙りけり
北欧の白夜の森に光差す
雑草のまつすぐ伸ぶる草田男忌
盂蘭盆会父の好みしくわりんたう
黄落やパリへと続く道のやう
小春凪珊瑚の森は生きてゐて
冬館高く掛けたる肖像画

大晦日鯛の頭を洗ひけり
音と色閉ぢ込め青き滝凍つる
菜の花の丘は青春つまつてる
花の香に飛鳥大仏笑みにけり
花吹雪もの皆消えてしまひさう
父の日の遺影の笑みに会ひに行く
祈る声聴こえてきさう曼珠沙華
秋の水ハープの調べ澄みにけり
エナメルの銀色を塗り十二月

藤代康明

ふじしろ・やすあき

略　歴　昭和一四年一一月三日神奈川県に生まれる。平成二三年「沖」に入会。同二九年沖新人奨励賞。同人推挙。『四季吟詠句集』25、26、27、29、30、31、32、34、35に参加。俳人協会会員。千葉県俳句作家協会会員。市川市俳句協会維持会員。

現住所　〒二七二―〇〇二五　千葉県市川市大和田三の八の三

特選句

竹の花胸を滾らす頼家忌

二〇二一年一〇月号特選

◆特選句評――鈴木節子

竹の花の句は誠にめずらしい。大分前、近くの老人に竹の花を見せて貰った。兎に角、百二十年に一度しか咲かない花に、感動したことが甦ってくる。楚々とした花だ。頼家は、源頼朝の長男であり、武人として大変勝れていたことで有名。「胸を滾らす」は竹の花にも掛かるが、作者は多分、歴史に造詣が深いのだろう。頼家忌に重点を置いたと思う。しかし「竹の花」は効果抜群である。

◆俳句と私

私には良き句友が三人いる。ひとりは小学校の時、机を並べた吉野和子さん。中学生時代から詩、俳句、エッセイに秀れた松井眞資氏。お二人とも中央で活躍されている方。貴重な私の俳句の師匠でもある。さらに「俳句四季」の縁で高校の同窓生で「ろんど」の前主宰の田中貞雄氏と五〇余年ぶりの再会。喜びは倍増となった。以降、俳句に対する姿勢が改まる事となり、魅了、魅力感が増幅し、結社「沖」の同人になれた事のうれしさは言うまでもない。

今回『四季吟詠句集』参加が一〇回目の節目、若干の充実感もある。

蟬しぐれ朴の大樹を膨らまし

二〇二一年一二月号　能村研三特選

月桃の蔭にのがれて沖縄忌

月桃やユンタを踊る慰霊の日

深海に眠る紋章浮いて来い
山淑魚《はんざき》は万年生きる面構へ
渓谷の白のささやき花山葵
石庭に奇数の哲学薄暑光
夕涼みバンドネオンの切れの良さ
麦飯や母ちゃん讃歌の「よいとまけ」
理由なき反抗二歳のアロハシャツ
腹掛けを剝いで二歳の自己主張
兜虫羽化ガチャポンの抱卵期

藤代康明

心太この身貫くニュートリノ
サーファーは伊八の波と北斎と
梅むしろ香りにははの居る如し
九月の美味進駐軍のコンビーフ
辻政信ビルマに消える袖の露
鰯来て黒くふくらむ銚子沖
海光を集めて外川いわし干す
三連水車彼方の裾へ稲万里
自然薯の蔓のアリバイ掘り起こす

嘴広鸛の沈思黙考いわし雲
五街道に追分のあり秋の雲
天高し一笛奏す鳶の舞
浮き石は月の楼閣十三夜
天上華「碑」に波状の虫時雨
竹の春美は寄せ算の金閣寺
リニアモーターカー賓客は竜田姫
柿すだれ妻龍の風に粉吹けり
新藁やクレーンで吊るす大草鞋

藤代康明

風が研ぐ朴の大樹を十二月

朴の葉のしろがね光る十二月

合羽橋目立ての響く十二月

十二月八日阿修羅となる一日

はやぶさ帰還十二月の玉手箱

片しぐれ十善戒に振り分けて

地球とは宙の方舟おでん酒

シリウスの蒼き眼光地球射す

寒垢離の明衣に透ける肌赤し

「運命」は休符から入る仏の座
梛の葉の栞受け継ぐ新手帳
田中力子さん百十八歳の二日かな
名の木枯れ星座を飾る樹となるや
転生や地獄のぞきを鷹渡る
人生にレイアップといふ寒の水
凍滝の白竜天にのぼるごと
海鼠腸や能登半島の一啜り
嫁の鰤十三キロを父抱く

藤代康明

独楽の紐なめ心算は奥底に
もふもふとやがて色なす枇杷の花
鷹化して鳩なる祖母の銀煙管
捻じれ裂け無窮のちから藤の花
銀座には好きな泥あり燕来る
高山寺戯画の書巻に風入れて
貝寄風や光琳波の砕け散る
寅さんの聖地へ万緑の渡し
鷹滑翔風の本流とらへをり

二〇二一年三月号　能村研三特選

水野幸子

みずの・さちこ

略　歴　昭和一七年一一月一七日青森県に生まれる。昭和五五年「松籟」入会。平成二〇年「若竹」入会。平成二五年「郭公」入会。平成一七年句集『水の匂ひ』。俳人協会会員。

現住所　〒四四四―二一四九　愛知県岡崎市細川町字窪地七七―一七

特選句

校庭にむらさき麦の風にほふ

二〇二一年一〇月号特選

◆特選句評――加古宗也

旧東海藤川宿（現在は岡崎市）に江戸時代から穂が紫色に熟れる俗に「むらさき麦」と呼ばれる麦が栽培されている。じつに珍しい麦で藤川の人々はそれを大切に守りつづけている。校庭あるいはその近くで栽培されているということは郷土の誇りともなっているのだろう。作者もまた、そんな藤川の人々が好きなのだ。芭蕉が詠んだとされる「むらさき麦」の句碑があるが否定説が有力。

◆俳句と私

リハビリを兼ねた散歩が日課です。目の前に田や畑が広がり、四季折々の風景を見せてくれます。

春は梅、桜が咲き、空や風もはなやいで来ます。一年中色々の鳥や花が目と耳を楽しませてくれます。鵙がいつもの枝で待っていたり、雉が飛び出して来たり、毎日が新鮮で一日も散歩を休むことができません。

近くに住む二人の娘達も俳句をしているので、時々三人で吟行に出掛ける事もあります。今はコロナ禍で四人の子供達にも、一一人の孫にもなかなか会えなくなりました。

俳句は四十年以上続けていますので、これからも少しでも長く楽しんでいきたいと願っています。

春を待つ小鳥のやうな稚の靴

九十の母すこやかに花菜漬

枝折戸の音なくひらく蝶の昼

飛びさうな鶯餅を母に買ふ

涅槃図にうすうすとあり昼の月

通夜の灯を離れぬ春の星一つ

竜天に登り動かぬ時計かな

アネモネや三つ子のやうな三姉妹

貝寄風や大漁旗の靡く船

波音も入れて栄螺の売られをり

夕東風や干物の乾く島の露地

燕来る海辺の町のコンサート

父の日の父さんと呼ぶ婿の声

花柄のブラウス母の日の母に

裏口を訪ふ親しさや韮の花

父恋うて鳴く夜もあらむなめくぢり

多佳子忌の一人暮しの水を打つ

笑ふにも泣くにもちから今年竹

饅頭は古墳のかたち茶屋涼し

草笛を吹くたび遠くなる故郷

水よりも空のきらめく植田かな

裕次郎に声の似てゐるサングラス
万緑を来て草田男の忌なりけり
朝顔のつぼみを数ふ千代女の忌
万緑の山のごとくに兜太あり
一山の神となりたる女滝かな
コロナ禍を追ひ払ふごと雷激し
白玉や痩せる話を賑やかに
ヘプバーンのやうな短かき髪洗ふ
草を刈る母に夕日の残りけり

水野幸子

一房のぶだう八月十五日
御嶽の良く見ゆる日の稲の花
目の眩むほどふえてをり小判草
星飛んで夜咲く花の匂ひくる
水替へて秋の目高となりにけり
鬼の子の大きな空を覗きをり
楽しげに逃げてゐるなり稲雀
歌女鳴くや仁王のきびす濡れてをり
瀬戸内の潮の匂ひの檸檬切る

桐は実に家康像の太き眉

城壕の戦火めきたる曼珠沙華

九十をさらりと生きて愛の羽根

底紅や女あるじの京言葉

子規の忌の風の音色の瓢の笛

灯火親しむ良寛の相聞歌

赤鬼の泪のやうな通草かな

清姫の紅を一すぢ秋の蛇

子別れの鴉に夕日惜しみなく

蟷螂の目に夕ぐれの海の色

バス停に傘ほどの屋根小鳥来る

襟巻に煙草の匂ひ近松忌

猪鍋や酔うて五木の子守唄

近松のをんなに冬のばら真紅

煤逃げのキャッチボールの親子かな

冬凪の手毬のやうな島二つ

雪降るや父の手紙のながながと

つげ櫛を忘れてゆけり雪女郎

宮島啓子

みやじま・けいこ

略　歴　昭和一八年一月三日東京都に生まれる。平成一七年彩の国いきがい大学鷲宮学園俳句部入部。平成一九年「雅楽谷」入会、同人、中田水光主宰に師事。平成二七年俳人協会会員。埼玉県俳句連盟会員。平成二八年第一句集『初旅』上梓。

現住所　〒三四九－〇一四四　埼玉県蓮田市椿山三－一八－一五

特選句

軒菖蒲流行病《はやりやまい》にあまた挿す

二〇二一年九月号特選

◆特選句評——中田水光

昨今、世界中に疫病が蔓延し猛威をふるっている。何千万人の方が尊い命を失ったことか。かつてペストや疫病が流行したという話は遠い昔のことかと思っていた。コロナ禍も五月五日の菖蒲の節句には軒に蓬と菖蒲を挿して退散させようといつもの年よりも数倍の軒菖蒲を用意した。しかし新型コロナは退散するどころか猛威をふるっている。毎日菖蒲を挿しているのだが。

◆俳句と私

退職後初めて俳句に出会い一〇年程の作品をまとめて第一句集『初旅』を上梓しました。又、この度の特選中田水光先生ありがとうございました。平凡な人生の中、私の宝物になりました。人間の一〇兆個もの細胞が四、五ヶ月で入れ変わるのに反して、悠久の時間と歴史を持つ日本の和の文化に遊ぶという俳句とのご縁を六〇過ぎて始めていただき、自己の内なる思いを一七文字に込める俳句は十人十色それぞれのお人柄が表れて楽しいです。言葉は性格を作り人生迄も作ります。毎日サンデーの中オカリナを吹き、菜園で収穫を楽しみ、感性豊かな仲間に恵まれ、素敵な一句が授かればいいなと思いつつ感動一生、和顔一生、日々好日、のんびりを楽しんでいます。

瑞光のいま差しのぼる初山河

願いの矢青突き抜けむ初御空

小鼓の三河万歳むかしの音

来迎図拝して門に松立てる

日の光りあまねく躍動雨水かな

暮らし向きすべてが和暦桃の花

目を凝らし青める風は春隣

夫婦してお釣り人生初の旅

雪解けて佐渡は一面蕗の薹

人生の旅路の古希や青き踏む

寝転んで大地のぬくみ春兆す

羽ばたきて湖面を助走大白鳥

宮島啓子

御礼肥え根に与えなば力瘤

凶年はご破算にして閏年

だれをかも笑顔絶やさず仏生会

華やぎの時つくるもの花は葉に

佇めば千縷の枝垂れ桜かな

夫婦して派手な瑠璃色雉番

春雷や激し世の中動くとき

紙風船突けば五色の色変わり

のどけしや立夏の岬放牧場

麦秋や風の吹く度黄金波
春愁や今も忘るることできず
白雲を畳みこんだる麦の秋
百穀の麦に育てる春の雨
もののけも住むにやあらん梅雨の川
夕されば蛍袋は花の宿
四葩咲く今も現役花の色
晩年の力あたふる実梅かな
風のない水辺の草葉蜻蛉羽化

宮島啓子

満天の星のまたたき星の恋
水遣りは生かさず殺さず夏野菜
夕空は四隅がなくて夏夕焼
白紫陽花自然に生えて宵闇に
初句集見目よくずしり百日紅
秋光を編み込んでゐる毛糸玉
夕茜身知らず成りぬ青蜜柑
竹林に色の違ひし風の音
雷すぎし空いつぱいに虹二重

軒を借り子を産むつばめ無人駅
大の字に寝れば和らぐ秋始め
竹藪の隙間になんと小望月
庭中のどこと定めず虫時雨
小鳥らの群れも啄む落穂かな
熟れ栗の落ちる音聞く農の背戸
八景の晩鐘聞こゆ稲架の道
砂浜に山せり出せば竜田姫
新聞に折り込んである豊の秋

一木を彩飾にして秋日和

首を上げまた首を下げ鵙高鳴

木守柿朱を深めれば啄ばまれ

時雨忌や雲の行く後また時雨る

朝まだき菜園に聞く霜の声

群なして一団となり寒の鳥

年詰る明日は良き事ある予感

一音も出すを許さず冬木立

一陽来復万願の湯に望みかけ

三輪郁子

みわ・いくこ

略歴　昭和一七年三月二〇日長野県に生まれる。平成一九年長野県シニア大学にて俳句を学ぶ。終了後講師であられた中澤康人主宰に師事、「欅」に入会。後に同人。現在「欅」俳句会にて作句。長野県俳人協会会員。

現住所　〒三九二―〇〇〇一　長野県諏訪市大和二―五―六

特選句

塩烏賊や海なき国に塩を解く

二〇二一年一二月号特選

◆特選句評――佐藤文子

長野や山梨、岐阜などで見られる食材「塩烏賊」。海のない県では、茹でた烏賊の胴に塩を詰め込んで、保存食とした。塩抜きにして酢の物にしていただく。この風景を「塩を解く」と表現。下句から郷土に生きる人たちの強さをしっかりと感じることが出来る。

◆俳句と私

この度佐藤文子先生より特選を賜り心よりお礼申しあげます。嬉しくて仕方がありません。「俳句は文学です。簡潔、素朴、平明、風土に生きることを心髄」とする中澤康人主宰にお導きをいただき「健全で詩情を豊かに」というお教えに少しでも近付けますようにと念じています。自分の作句を読み返し自分は何を感じ生きて来たのかと自問すれば期せずして自分史そのものにもなっています。

宇宙の総てが意味を持って今に繋がっていることを想えばその総てに大いなる尊厳を抱かずにはいられません。その中に在って作句の歓びに出合い、共感をいただく嬉しさに出合うためにも日々を大切に過してゆきたいと思います。

縞蛇の総身浮けり真昼の田

高稲架の屋根より高く開田村

放たれし駒の駆けゆく秋澄みぬ

田一枚刈り残りをり真つ四角
切岸の海桐の朱実浪高し
疎覚えの歌をつぶやき茂吉の忌
踏み石は庭をめぐりて名草の芽
糸柳薄暮にゆるる啄木忌
文豪の旧居に正座花の冷え
漣も一枚づつに田水張る
母の忌や一面に散り柿の花
峠茶屋甘酒熱し胃の腑まで

磊落の漢居座る年酒かな
語ることしばし雛を手に載せて
万治仏春たけなはの露座ぬくし
掘り下げて野蒜の球の光かな
それぞれに面立ありて土筆ン坊
荒縄のふらここ納屋の梁に揺る
杖借りて夏の山坂五合庵
李食む夫は少年漂はす
母恋ひの良寛の佐渡夏霞

茶々がゐて楊貴妃もゐる寒牡丹

茶の花の蘂立ち揃ふ朝々に

宿帳へ外にひとりと十三夜

ほぐれゆく炎のかたち冬薔薇

胸に抱く破魔矢の鈴音歩に合ひぬ

白梅に声揚ぐ夫は旭の庭に

益荒男の跨ぐ本懐御柱祭

菜の花の丘の勾配日の満つる

八月や戦に征きし父を呼ぶ

空蟬の葉裏に在りて世の無音

身を護る紋は目玉ぞ秋の蝶

追羽根を姉妹で打ちし遥かな日

凧揚がるにらむ武者絵の見得目玉

草笛の鳴ればたちまち囲まれて

でで虫の朝寝起こして村掃除

自動ドア枯葉舞ふたび開きをり

雪虫の案内やさしく伽藍訪ふ

石蕗の花湖光は庭に及びたる

鷹匠の発止と空へ風起こす
これからの未知展げたし初暦
逃水と知りつつしばし吾もゆるる
空電車蒲公英の絮自在なり
金蚕の極意の一つ死んだふり
初茄子棘の力も漲れる
手のひらへ今宵の使者と螢載す
ねこ殿のつぐらに睡る漱石忌
初芝居毛振りの獅子は肩で息

三輪郁子

春竜胆おほかた草の陰にあり
莢豌豆今朝取立てを澄まし汁
切り分けた西瓜のすべて三角形
湖のもの煮凝る諏訪に生れたる
築百年の講堂にあり卒業歌
霾ぐもり真昼の盆地ざらつける
稲滓火の真っ直ぐ昇り峡暮るる
沈めればほのぼのと浮き湯船柚子
飽きるまでジョーカーと更け掘炬燵

吉田和司

よしだ・かずし

略　歴　昭和三二年四月一日愛媛県に生まれる。平成二二年のＣＯＰ10世界俳句大会を機に作句を始める。同年地元守谷市の互選俳句会「山ゆり」入会。令和二年より「俳句四季」投句。

現住所　〒三〇二―〇一二一　茨城県守谷市みずき野三―一八―五

水軍の島に夏告ぐ大漁旗

二〇二一年八月号特選

特選句

◆特選句評――野木桃花

中世の瀬戸内海で活動した村上水軍の一派が脳裏をかすめた。水軍は海上などで組織的に武力を行使した軍事集団で、水上戦法や操船技術に長けた地方の豪族。戦国大名が領国内や他国から招致した海賊衆に特典を与えた時代もあった。

この句、季語の「夏告ぐ」に活動期に入ったかつての水軍の末裔の姿が感じられた。

◆俳句と私

「ＨＡＩＫＵで伝える生物多様性」平成二十二年愛知でＣＯＰ10が開催された際、記念行事で世界俳句大会が実施された。名古屋の知人に勧められ、トキの学名が「ニッポニア・ニッポン」であることから、朱鷺の句を投句してみた。全くの初心者だったが、運良く優秀作品に選ばれた。英訳もされた。

朱鷺放つ空の広さや青田波

(Letting fly ibises into the sky above waving green rice field)

爾来、俳句の世界に足を踏み入れ、十二年勉強している。それにしても、日本人の生物多様性観を俳句を通じて逸早く世界へ発信した名古屋人の慧眼には、今でも敬服している。鴇《とき》が晩秋の季語で季重ねだと本人が気づいたのは、ずっと後のことであった。

鞄はや二日続きの春の雪

居酒屋のひくき盛り塩春浅し

無住寺の僧戻りきて梅のころ

立春大吉さつぱり落とす無精髭
棄てられるはうれん草の茎赤し
修司忌のさぼうるといふ喫茶店
ラジオ流るるトワ・エ・モア春めく日
もらはれてゆく犬の目や二月尽
春泥の轍の先の志士の墓
春荒れの暗渠にひそむ傘の骨
春障子影に聞きたる密かごと
牡丹の芽意地の強さは親譲り

吉田和司

廃坑に無宿の墓や花馬酔木
首の無き仏像アユタヤの日永
雑兵に他言は無用野火走る
春の雪予科練の遺書達筆すぎる
光芒や知覧の飛花の還らざる
待合の椅子に×ある余寒かな
仁王とてねむたかろうに春の昼
六月の女隠さぬタトゥー青
短夜の低き枕や雨の音

夢醒めて故郷の川の濁り鮒
若葉雨落城の悲話つつみ込み
嬢はんと出会ひて船場夕薄暑
梅雨茸や坐相正しき若き僧
宙にらむ邪鬼一匹や奈良は夏
街灼くる蛇口より飲むボランティア
反射する蛇屋の硝子夏夕べ
片蔭の誰も気づかぬ雀の死
しづけさや棺と酒汲む夜の秋

吉田和司

陽の匂ひ湯に溶け込みて道後秋

誘はれてなまりで応ふ踊りの輪

野分波前世の銅鑼鳴らしつつ

身中に狂気の目覚む残暑かと

秋刀魚食む漁港に近き木賃宿

敬老日母新しきめがね選る

秒針のいのち削るや秋の蟬

かなかなはかなしかなかなかなかなか

転生を信ずるもよし秋の蟬

鮎落ちて山はしづかに戻りけり
子の噛みし鉛筆借りる夜業かな
深秋の渡良瀬橋に雨の音
軒に舟吊る集落や秋深む
銀杏散る大学通り洋書店
浅草に初冬来たり六つの鐘
帰り花後継ぎなれど故郷出づ
雑炊の湯気に昭和といふ時代
鮟鱇鍋いばらき弁に迎へらる

吉田和司

裸木やはづれ馬券の散りて街
小面の裏より見解く十二月
能登に棲む一つ目小僧冬の雷
過疎の里六戸に減りぬ寒卵
母逝きて集落六軒年果つる
寒き夜の蒸気の記憶機関車に
巫女の髪美しく結ひ年新た
妻と娘のＬＩＮＥは続く女正月
四斗樽干して御慶の木遣り唄

吉田雪夜

よしだ・ゆきよ

略　歴　本名・吉田小夜美。昭和二四年三月八日熊本県に生まれる。平成一六年「からまつ」に入会。由利雪二名誉主宰に師事。平成二一年同人。

現住所　〒二八三−〇〇四七　千葉県東金市北幸谷八七〇−二

特選句

半月の白きところへ揚げひばり

二〇二一年七月号特選

◆特選句評――由利雪二

俳句は省略の詩である。的確に描くのと印象深く伝えるのはそれぞれ作者の個性である。冲天に消え残ったように昼月がかかっている。作者はそれを仰いで「揚げひばり」を想っているのである。空を碧で塗りつぶすのは読者の想像力である。目標は半円の白いお月さま。それへ昇ってゆく雲雀に作者は声援を送っているのである。印象深く伝えたので想像しやすい。

◆俳句と私

娘の通う高校の生涯学習で俳句と出会いました。由利雪二先生の授業が楽しくて月一回の句会が何より待ち遠しくどんどん俳句にのめりこみました。始めて手にする歳時記も新鮮で、大昔、三省堂の『国語辞典』を手にした日のワクワク感がよみがえり肌身離さず持ち歩いていました。好きなことができると思っていた田舎暮らしは、思っていた以上にやるべきことが多く忙しい日々。慣れない畑仕事が俳句の楽しさに迫る喜びをもたらしてくれます。人生を豊かにしてくれる俳句をこれからも楽しみたいと思います。

ふらここやすれちがいつつ秋をける

前歯抜けしままの子の歌小鳥くる

転びし子驚いてより初泣きす

夏帽子きっとまた振りかえるはず
声あげて潮に突撃子供の日
ふらここの揺れはそのまま塾かばん
過疎の村登校班長卒業す
筆柿のとんがり具合反抗期
春風の畦のあいさつ変声期
縄とびや一緒に飛んでる子猫の目
猫が猫叱る愉しさ桃の花
笹子鳴く石のくぼみに猫眠り

吉田雪夜

家出猫の戻りて飲める秋の水

雛の家猫の毛なみを誉めらるる

ぞろぞろと子猫従え抜け穴へ

冬の丘君住む町のガスタンク

切株ごと飛びたき日暮四月馬鹿

先頭集団芽柳の街曲がりけり

三日朝ひたひた迫る二位走者

廻して運ぶガスの交換目借時

雀蛤となるパソコン並ぶ昼のカフェ

啓蟄や砂の中より鰈の目
次々と押されて海鼠くたびれる
部屋割の決め手のワード海鼠好き
母の手を思い出せずに胡瓜揉む
箸立の箸ぎっしりと冷し中華
秋澄むや大いに粘る納豆菌
粒あんは売り切れました蓬籠
長靴の清掃仲間よもぎ餅
大袋よりつかむ荒塩涼新た

吉田雪夜

午後からは授業参観袋がけ

潮騒の道なき山に楤芽かく

深き山なくて上総の笹子聴く

みごもりて大蟷螂のたじろがず

蟋蟀も守宮も同居山住まい

びっしりの田螺に怯む風の道

爆弾低気圧朝の飛蝗の眼

冬菜蒔くぱらりと乗せし土の層

梢まで溶ける夕空春浅き

鳥帰る船底を焼く浜の昼
何か楽しき頂度よき寒さかな
魚師たちの井戸端会議卯波立つ
海光るただそれだけで二月好き
海の雁月より高く流れけり
外房線風に乗り換え冬の海
次の橋見えてわが町鰡の飛ぶ
蟬生るまだ濡れていて浅みどり
翅たたむを蝶に教えぬ夢始

娘よりまだある力初山河
電子レンジの二度目のサイン椿落つ
桃の花風がわくわくさせにくる
萩の花抱えおこすやずぶ濡れて
乗り換えの次の駅見え青すすき
一湾に二つの入り江浜昼顔
表札のない家ばかり松の花
この谷の風知りつくす山ざくら
さるすべり五十九戸の夕静か

渡辺正剛

わたなべ・せいごう

略歴　昭和七年八月一〇日熊本県に生まれる。昭和三三年頃から職場俳句に誘われ、「旅と俳句」の田辺正人先生に手ほどきを受ける。以後「風」の沢木欣一先生の指導を受ける。定年退職後は「波」同人を経て、現在は「岳」と「顔」の同人。神奈川県現代俳句協会の幹事。

現住所　〒二五一―〇〇五七　神奈川県藤沢市城南一丁目六―一一

特選句

ふっと湧く惚けの懸念葱坊主

二〇二一年七月号特選

◆特選句評――川村智香子

誰もが年をとる。自分では若いつもりでも暮らしの中で、ふと老いを感じることがある。耳や目、足腰の衰えは言うまでもなく、物忘れを始めとする記憶についても然り。具体的にどのような場面か作者は述べていないが、自分は惚けてしまったのかと一瞬思い、気がかりになったのだ。無数の白い花を球状につけた葱坊主に惚けと俳諧性との取り合わせがよく出ている。

◆俳句と私

職場俳句から始まったのであるが俳句そのものが中々理解できず、同じ国語を使いながら、表現、ヒント、描写に優劣が発生するのが不思議であり、これも能力の問題かと諦念していたのであった。

齢六十を過ぎて、地区の公民館の俳句会に参加したのであるが、従来の延長戦であった。結社に所属し、同人として作句しても満足を得るものではなかった。現俳に所属し、各句会に参加し、司会など担当することによって、俳句の意義を理解するという本当に遅咲きの俳句勉強家であると思っている。俳句仲間によって、俳句が支えられているのかもしれない。日本語の奥行きの深さをじっくりと味わっている。

雲雀鳴く恋は天から落ちてくる

団結は死語となりしかしゃぼん玉

拾ひ読みは余生の糧かしゃぼん玉

空虚笑ひは痴呆の兆し四月馬鹿
万作や男時女時は時の運
一途とはもろきものなり一輪草
一途とは雨中に蜜吸ふ黒揚羽
野焼して墓の一歩で消し止めぬ
クロッカスマッターホルンを崇め見る
地響きの雪崩が走るユングフラウ
ハイビスカス牛車でわたる海がある
一匹の蜂が止めたり新幹線

渡辺正剛

障子食む犯人いづこなめくぢり

老いたれば田作の歯軋りなめくぢり

並居るは闘士ばかりのメーデー

大寒を吸ひ尽したる夏みかん

田掻きする牛に白鷺音頭とる

ひと泡を吹かすか余生凌霄花

首揺する片恋いとし檻の熊

熊現れて度胸度胸と後退り

鶯の耐へし声なり礼文島

花こんにやく燃える気迫を貰ひけり
向日葵や爺の苫屋はこれで足る
帰省して大の字になる大座敷
ひよつとこになつて無心の阿波踊
明易の通夜の雑魚寝を妣笑ふ
立倭武多迫りくるとき雷ひとつ
老い坂は死の坂ばかり蟬しぐれ
玄関に空蟬何か言ひたげに
稲を刈る黙黙爺のコンバイン

稲雀翻筋斗打つて地に墜ちん

嫋嫋の手振り音頭の風の盆

小鳥来る語りかけたき自在鉤

妙本寺秘めたる乱や彼岸花

墓参して墓参さるるをふと思ふ

書き置きもなくて妻留守ちちろ虫

捨ててこそ一遍浄土ちちろ虫

友の死は吾が死と思ふ温め酒

円月橋くぐれば冥土石蕗の花

蜘蛛脱皮人間脱皮死の直前
幻の多き刈田や石舞台
木枯や牛黙黙と屠殺場
木枯や地持てゆけと「苦海浄土」
工房のだるまは白し空つ風
寝仏のごとし枯色のごとし阿蘇五山
開戦日の捕虜一号は真珠湾
身に入むや特攻隊の三角兵舎
書初めは火の粉となりし浜どんど

柚子風呂にポカンポカンと過去がある
コンテナの河豚はもぐもぐ空の旅
興味津津グーグル辞典去年今年
炬燵から夢の世界が広がりぬ
夜神楽は高天原へ消えにけり
笛の音は古代の闇を昂らす
隙間風まだまだ二人先がある
降る雪に失せゆく過去や卒寿来る
虎千年吾は万年卒寿の春

四季吟詠句集36

印　刷
2022年（令和4年）6月20日
発　行
2022年（令和4年）6月30日
発行人
西井洋子
発行所
株式会社東京四季出版
〒189-0013
東京都東村山市栄町2-22-28
電　話
042-399-2180
振　替
00190-3-93835
印刷・製本
株式会社シナノ
定価はカバーに表示してあります。

乱丁・落丁はお取替えいたします

ISBN978-4-8129-1036-8